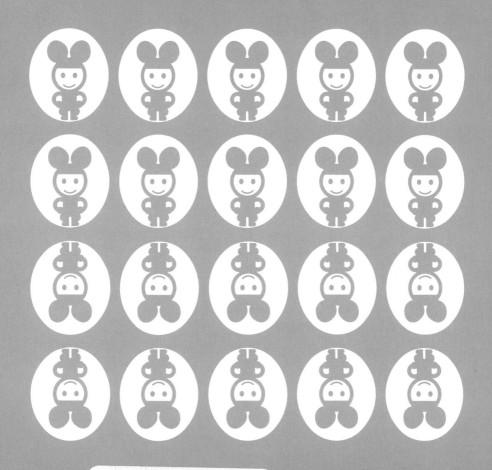

ふしぎな がっちゃん

がっこう なくなれ

斉藤《さいとう》 洋《ひろし》・作　ふじはら むつみ・絵

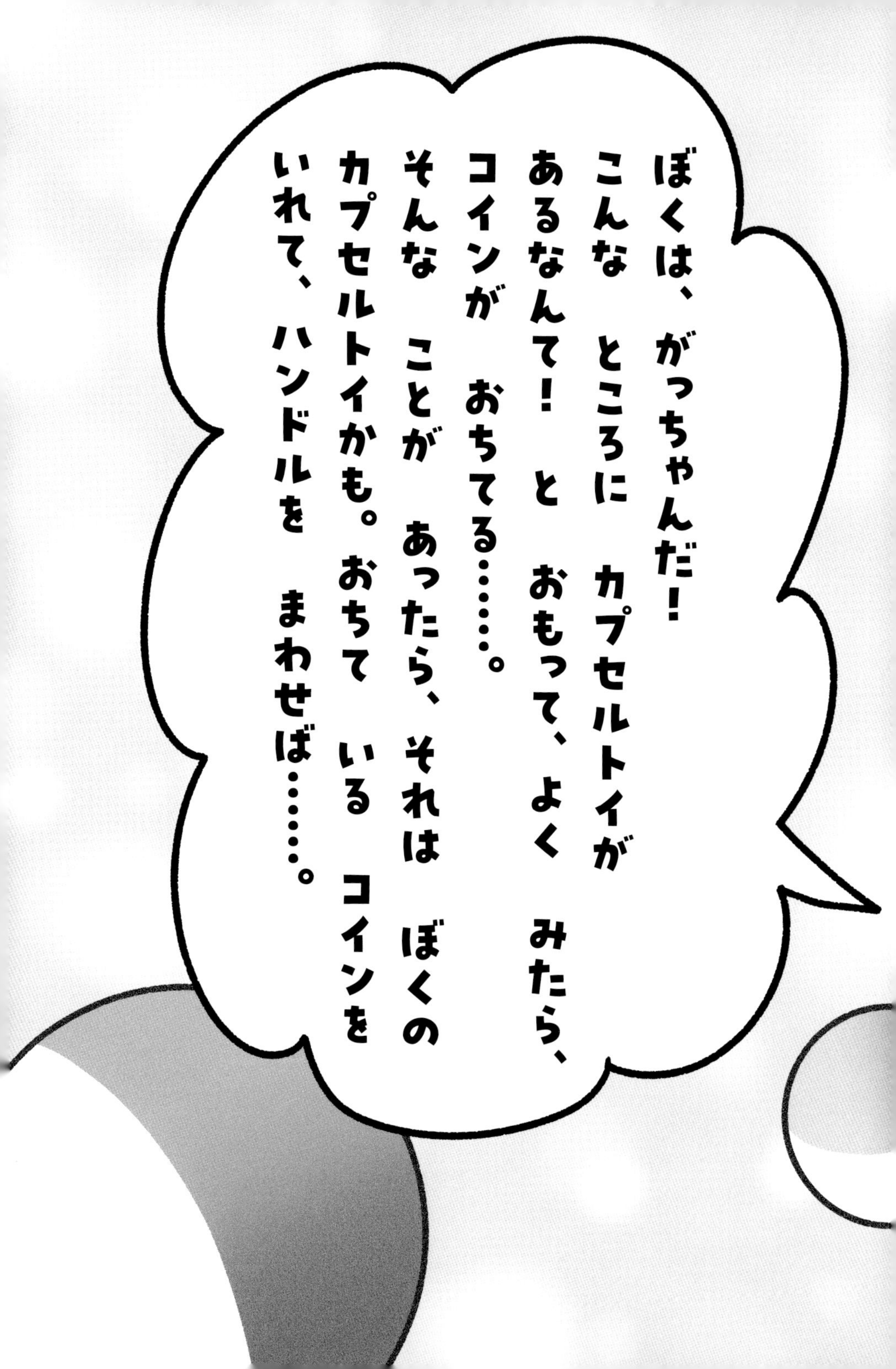
ぼくは、がっちゃんだ！
こんな　ところに　カプセルトイが
あるなんて！　と　おもって、よく　みたら、
コインが　おちてる……。
そんな　ことが　あったら、それは　ぼくの
カプセルトイかも。おちて　いる　コインを
いれて、ハンドルを　まわせば……。

がっこう なくなれ
6
がいこつダンスせんせい
20
テスト まんてんえんぴつ
30

はなこさんフィギュア
42
スーパースピード
うんどうぐつ
56
ウルトラてんたい
ぼうえんきょう
62

がっこう なくなれ

ある　にちようびの　ことです。つぎの　ひ、さんすうの　テストが　あるのに、るいくんは　あそんでばかりで、ぜんぜん　べんきょうを　して　いませんでした。

あした、はやく　がっこうに　いって、
テストの　べんきょうを
すれば　いいや。

げつようびの　あさ、るいくんは
はやおきして　がっこうに　いきました。

すると、まだ　しまって　いる　こうもんの
まえに、カプセルトイが　おいて　あり、
〈これを　いれて、ハンドルを　まわせば、
あなたの　ゆめが　かなうかも。〉
と　かいて　ある　コインが　おちて
いたのです。
るいくんは、コインを　ひろい、
カプセルトイに　いれると　ハンドルを
まわしました。

ガシャッ！　ゴロン！　ポン！

でて　きたのは、しろい　カプセル。

るいくんが　カプセルを　とりあげ、

パカンと　あけると、ちいさな　ねずみの

ような　ものが、とびだして　きて、

るいくんの　あしもとに　とびおりました。

それは、じめんに　たつと、いきなり
るいくんと　おなじくらいに　おおきく
なって、こう　いったのです。
「ぼくは　がっちゃんだ。きみの　ねがいを
ひとつだけ、かなえて　あげる。ゆめを
いって　ごらん！」

えっ？　じゃあ、きょうの　さんすうの
テストを　やめさせて！　あっ、やっぱり
ちがう。テストだけじゃ　なくて、
いちにちだけ　がっこうを　なくして！
がっこう　なくなれ！

「りょうかい！」
がっちゃんが　うなずいた　しゅんかん、
こうもんも　こうしゃも、ぜんぶ、
がっちゃんが　でて　きた　カプセルに
すいこまれて　きえて　しまい、めの　まえは
あきちに　なって　しまいました。

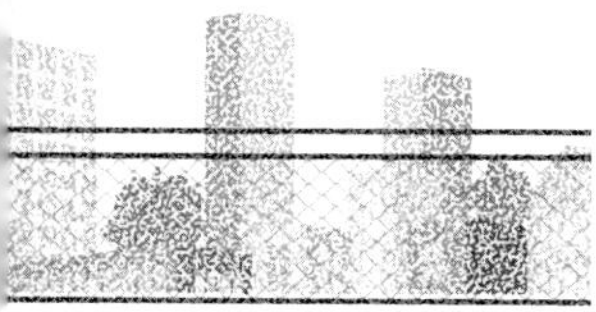

がっこうが　なくなったのが、じぶんのせいだと　ばれないように、その　ひ　いちにち、るいくんは　うちに　いて、ともだちにもあわないように　して　いました。

そして、つぎの　ひ、ちこく　ぎりぎりにがっこうに　いくと、がっこうは　ちゃんとあって……。

なんと、さんすうの　テストが　はじまる
ところでは　ありませんか！
るいくんは　せきに　ついて、となりの
こに　ききました。
「テストは　きのうの　げつようびだよね。」
「なに　いってるの？　げつようびは
きょうでしょ！」
となりの　こは　そう　こたえたのです。

その　とおり！　いちにちだけ、がっこうを
なくしてって　たのまれたから、
げつようびごと、がっこうを　けして
あげたんだ。がっこうが　もどって　くれば、
げつようびも、もどって　くるって　わけだよ。
なんだ！　そんな　ことなら
きのう　たくさん　あそべば
よかった！

がいこつダンスせんせい

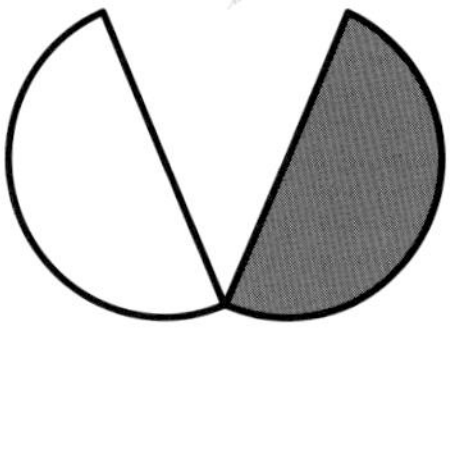

まいさんは　ダンスを　ならって　います。
おとなに　なったら、なにがなんでも、
いちりゅうの　ダンサーに　なりたいのです。
それで、まいあさ、りかしつの　まえで、
れんしゅうして　います。あさ、りかしつの
まえには、だれも　いないからです。

ある　あさ、そんな　まいさんの　まえに、
がっちゃんの　カプセルトイが
あらわれました。
ガシャッ！　ゴロン！　ポン！
がっちゃんに、ひとつだけ　ねがいを
かなえて　あげると　いわれ、まいさんは、
まよわず　こたえました。

ほしいのは、ダンスの　せんせいです。おしえるのが　うまくて、うごきがわかりやすければ、さいこう！

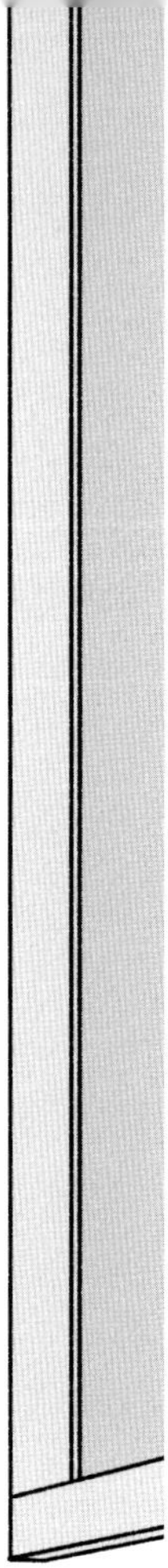

「りょうかい！」
と　いって、がっちゃんが　きえると、
りかしつから　ひょうほんの　がいこつが
でて　きて、いま　まいさんが　ならって　いる
ダンスを　はじめたのです。
まいさんは、がいこつの　ダンスを
しんけんに　みつめました。

がいこつくらいで ビビッて いたら、いちりゅうの ダンサーに なれない！
その とおり！

それが　ものすごく　うまくて、しかも、
なにしろ　がいこつだから、からだの
うごきが　すごく　わかりやすいのです。
おなじ　ダンスを　まいさんが　おどると、
がいこつは、
「そこは　こう　した　ほうが　いいね。」
と、まいさんの　ダンスを
なおして　くれます。

ほかの　えには　あるけど　ひとつの　えだけに　ない　もの、
ほかの　えには　ないけど　ひとつの　えだけに　ある　ものが
あるよ。なんだろう？

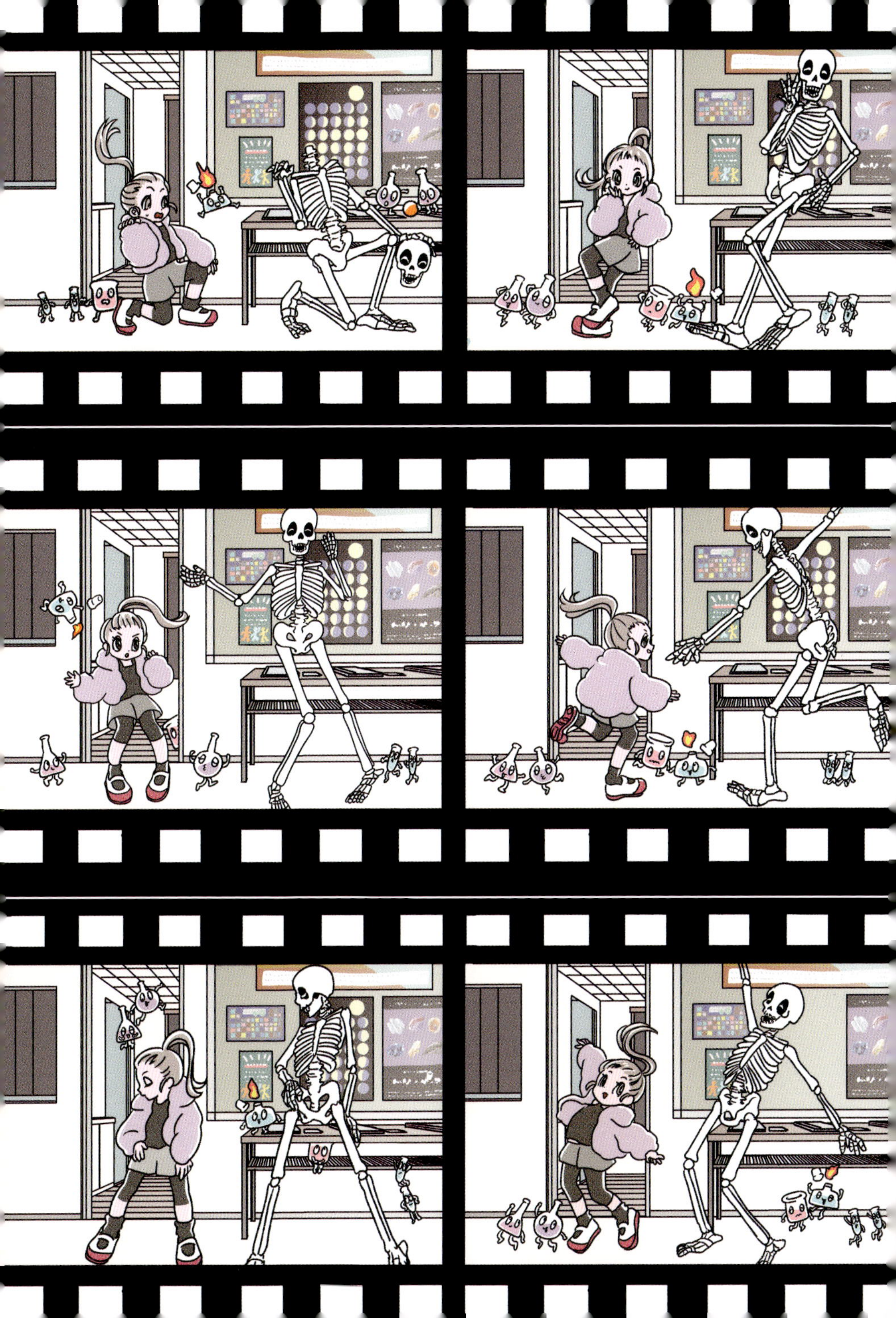

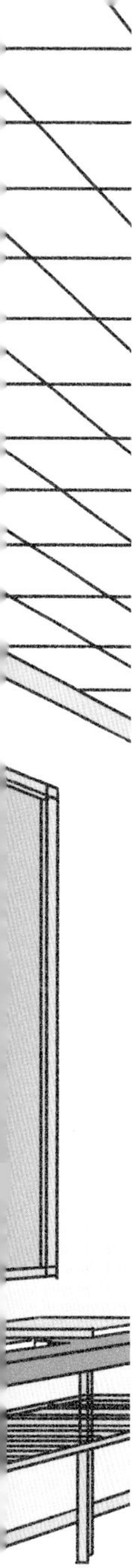

その　とき、だれかの　あしおとが
きこえました。
まいさんは　がいこつに　いいました。
「せんせい、おねがい！　あしたから、まいあさ
六《ろく》じに　わたしの　うちに　きて、三十《さんじっ》ぷんで
いいから、ダンスを　おしえて　ください！」
すると、がいこつは　うなずき、そっと
りかしつに　かえって　いきました。

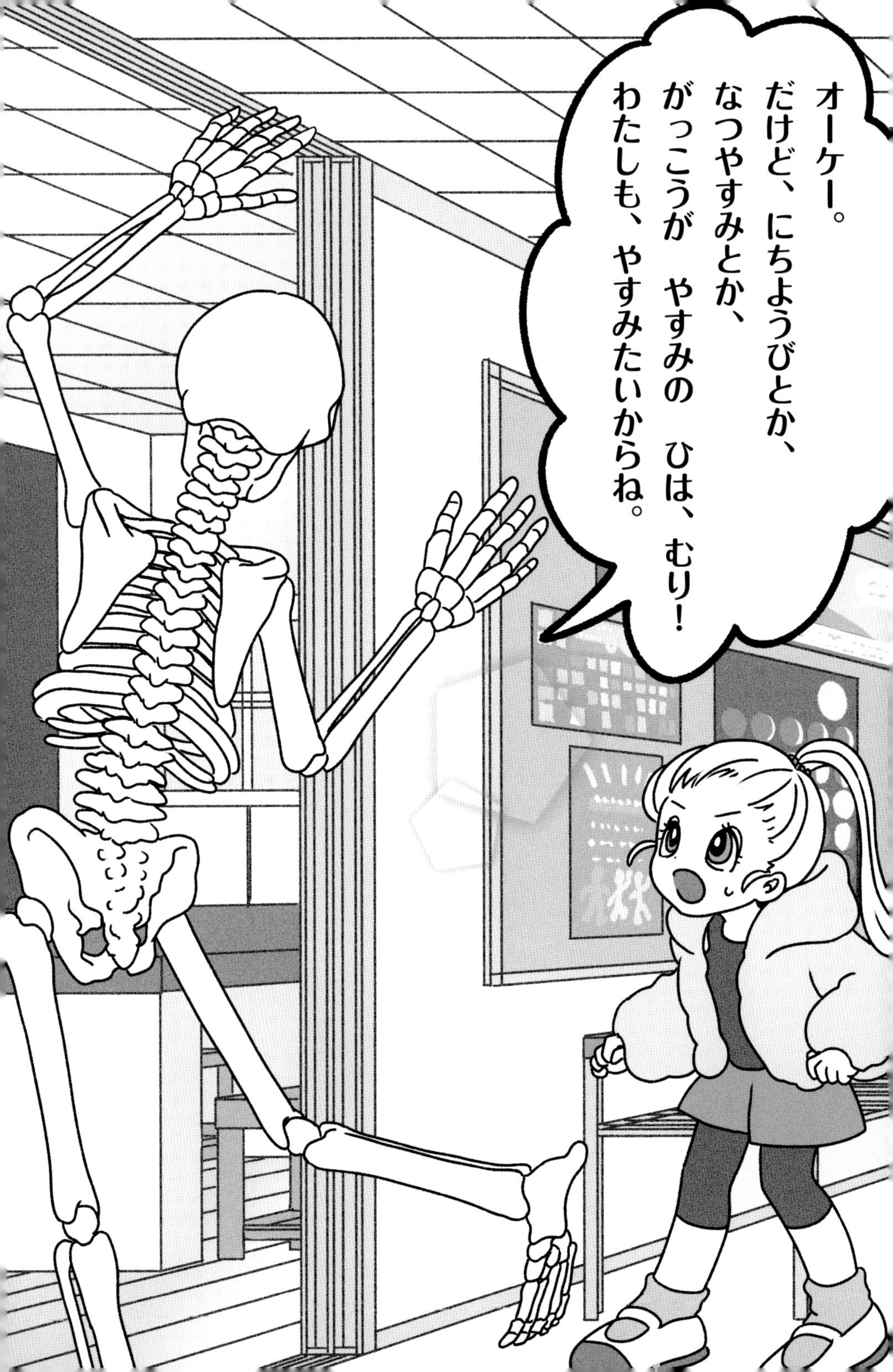
オーケー。
だけど、にちようびとか、
なつやすみとか、
がっこうが　やすみの　ひは、　むり！
わたしも、やすみたいからね。

テストまんてんえんぴつ

きらりさんが　がっちゃんの
カプセルトイで　テストまんてんえんぴつを
もらったのは、きょうしつの　まえです。
いちじかんめに　かんじの
テストが　あり、きらりさんは
ちこくしそうでした。

どんな　テストも、まんてんが　とれる　えんぴつが　ほしい！
りょうかい！

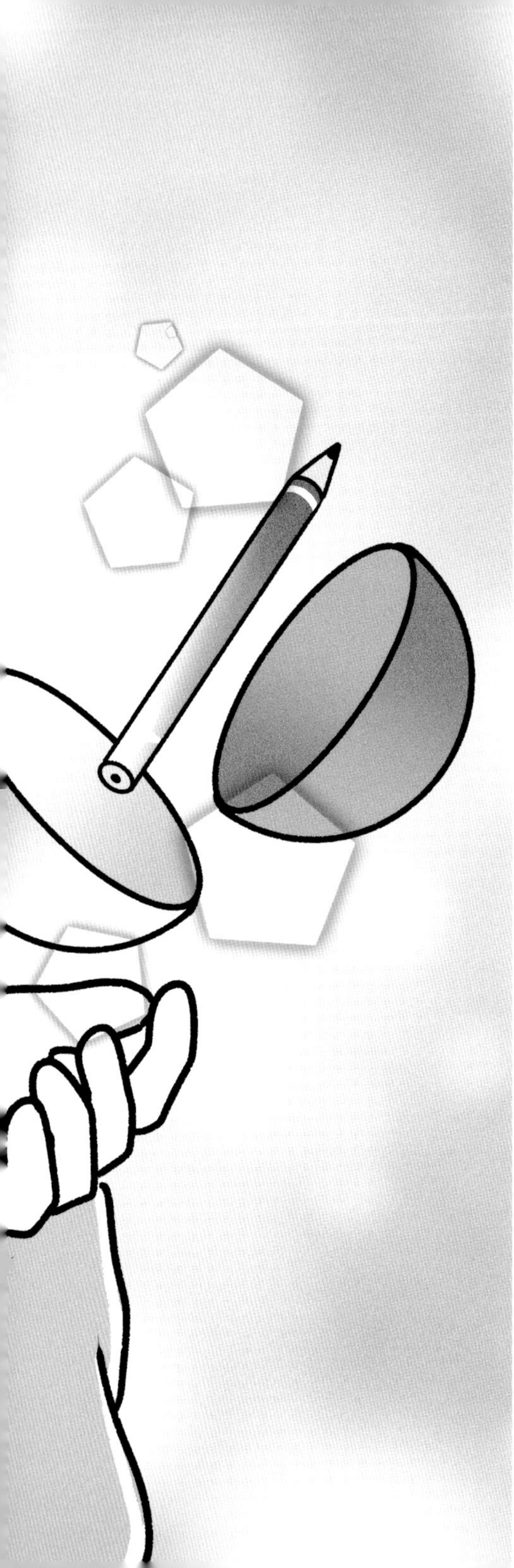

この　えんぴつを　つかえば、どんな
テストも　まんてん！

その　ひの　かんじの　テストも、
きらりさんは　まんてんでした。
つぎの　さんすうの　テストでも、
まんてん！　その　つぎも　まんてん！
まんてん！　まんてん！　まんてん！

こんども、まんてんだよ。すごいね！

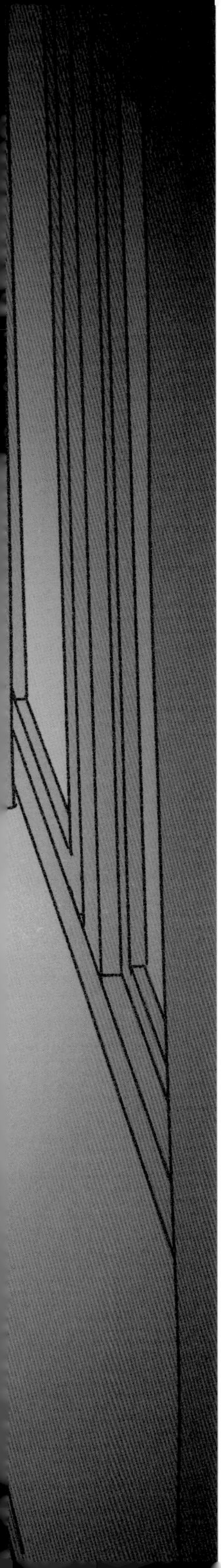

テストは　いつでも、まんてん！
でも、ある　ひ、その　えんぴつを
けずって　いた　とき、きらりさんは
きづいたのです。
いくら　テストまんてんえんぴつでも、
えんぴつだから、けずらないと　つかえない。
でも、けずれば　いつか　なくなる……。

その　とおり！

きらりさんは　おもわず　ひとりごとを
いいました。
「べんきょうすれば　できるような　テストで、
これを　つかうなんて、もったいない。
これから　さき、おとなに　なるまで、
かんたんには　まんてんが　とれないような、
もっと　だいじな　テストが、たくさん　あるに
きまってる。」

それも、その　とおり！

きらりさんは　テストまんてんえんぴつを
じぶんの　たからものいれに　そっと
しまったのでした。

きらりさんは　もう　とっくに
おとなに　なって　いて、いま、
ある　だいがくで　きょうじゅを　して　います。
あれから、テストまんてんえんぴつを
つかった　ことは　いちども　ありません。

こたえを　だす　ことよりも、
こたえを　だす　ために
かんがえる　ことが
だいじなのです。

はなこさんフィギュア

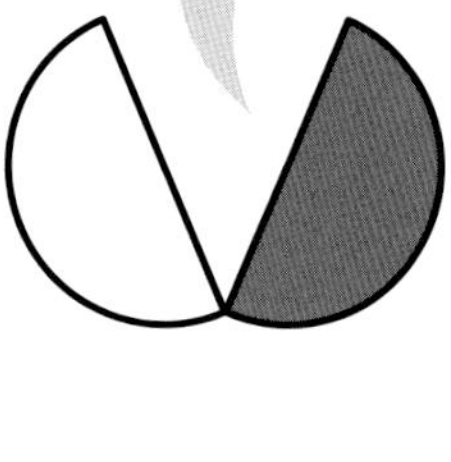

まみさんは　おばけや　ようかいが
だいすきで、カプセルトイの〈おばけぐみ〉を
あつめて　います。
〈おばけぐみ〉と　いうのは、五《いつ》つで　そろう
おばけの　フィギュアです。その　五《いつ》つとは、
のっぺらぼう、ろくろくび、ばけねこ、

からかさおばけ、それから、
トイレの　はなこさんです。

郵便はがき

料金受取人払郵便

小石川局承認

1159

差出有効期間
2026年6月30
日まで
(切手不要)

112-8731

東京都文京区音羽二丁目
十二番二十一号

講談社
児童図書編集
行

愛読者カード　今後の出版企画の参考にいたしたく存じます。ご記入の上
ご投函くださいますようお願いいたします。

お名前

ご購入された書店名

電話番号

メールアドレス

お答えを小社の広告等に用いさせていただいてよろしいでしょうか?
いずれかに○をつけてください。　〈YES　NO　匿名ならYES〉

TY 000049-2405

この本の書名を
お書きください。

あなたの年齢　　歳（小学校　年生　中学校　年生 / 高校　年生　大学　年生）

この本をお買いになったのは、どなたですか？

. 本人　2. 父母　3. 祖父母　4. その他（　　　）

この本をどこで購入されましたか？

. 書店　2. amazon などのネット書店

この本をお求めになったきっかけは？（いくつでも結構です）

. 書店で実物を見て　2. 友人・知人からすすめられて
. 図書館や学校で借りて気に入って　4. 新聞・雑誌・テレビの紹介
. SNS での紹介記事を見て　6. ウェブサイトでの告知を見て
. カバーのイラストや絵が好きだから　8. 作者やシリーズのファンだから
. 著名人がすすめたから　10. その他（　　　）

電子書籍を購入・利用することはありますか？

. ひんぱんに購入する　2. 数回購入したことがある
. ほとんど購入しない　4. ネットでの読み放題で電子書籍を読んだことがある

最近おもしろかった本・まんが・ゲーム・映画・ドラマがあれば、教えてください。

★この本の感想や作者へのメッセージなどをお願いいたします。

また、からかさおばけかあ。トイレの　はなこさん、でないなあ。

ある　ひるやすみ、まみさんが、がっこうの
としょしつの　いちばん　おくで……。
ガシャッ！　ゴロン！　ポン！
がっちゃんに　ほしい　ものを　きかれ、
まみさんは　いいました。
「〈おばけぐみ〉の　トイレの　はなこさんが
ほしいの！」
がっちゃんが　うなずきました。
「りょうかい！」

そう！
これよ、これ！
トイレの　はなこさん！

まみさんは　うちに　かえりました。かえる
とちゅう、よりみちを　すると、しらない
うちに　おばけが　ついて　くるみたい。

おばけを　なるべく　たくさん　あつめて　かえれる　みちを　さがして　みよう。
いちど　とおった　みちを　にど　とおる　ことは　できないよ。

えき
ゴール!

まみさんは　うちに　かえると、さっそく
トイレの　はなこさんを　ほんだなに
かざりました。
ほんだなには、〈おばけぐみ〉の　ほかの
おばけフィギュアが　ならんで　います。

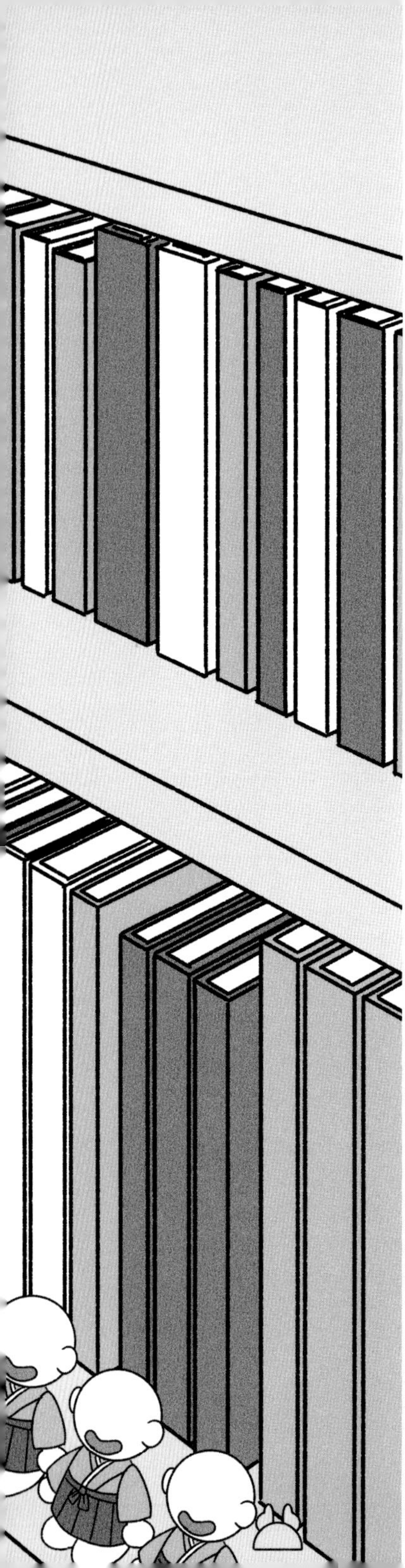

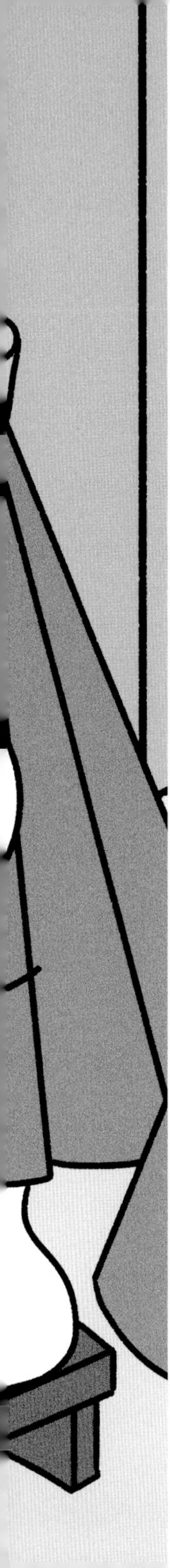

ほかの　フィギュアに　くらべ、
トイレの　はなこさんは　こまかい　ところまで
きれいに　つくられて　います。
それを　みて、まみさんは　おもわず
つぶやきました。
「これ、かみのけだけじゃ　なくて、まつげまで
一《いっ》ぽん一《いっ》ぽん、はえて　いる。」

その　とおり！

それだけでは　ありません。ほかのは、
ほんだなに　かざられた　まま、ずっと
その　ままなのに、トイレの　はなこさんだけ、
あさに　なると、べつの　ところに
いるのです。たとえば　トイレとか……。
なんでだろう……。

いま　だれか、「おはよう。」って
いわなかった？

スーパースピードうんどうぐつ

つばさくんが　がっちゃんに　であったのは
たいいくかんの　うらでした。
ガシャッ！　ゴロン！　ポン！
「はくと、あしが　はやく　なる
うんどうぐつが　いい！」

つばさくんは、あしが　はやく　なる
スーパースピードうんどうぐつを　てに
いれました。
それで、うんどうかいで　だいかつやく！
でも、それは　その　としの
うんどうかいだけでした。なぜなら、こどもの
あしは　すぐに　おおきく　なるからです。

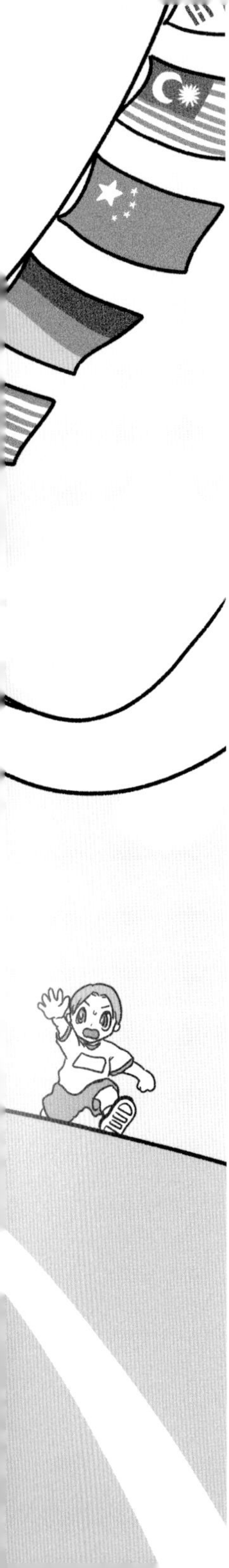

つぎの　としの　うんどうかいの　まえには、
もう　スーパースピードうんどうぐつを
はけなく　なって　いたのです。
まえの　うんどうかいでは　ぶっちぎりで
一《いっ》ちゃくだったのに、ことしは　さいかいでは
かっこうが　つきません。
いま、つばさくんは　まいにち、ふつうの
うんどうぐつで　はしる　れんしゅうを
つづけて　います。

はやく　なる　ためには、
れんしゅうしか　ない！
その　とおり！

ウルトラてんたい　ぼうえんきょう

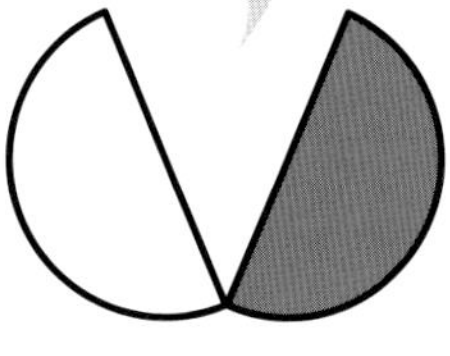

こうせいくんは　つきや　ほしを
かんさつするのが　だいすきです。
おとしの　たんじょうびに　おとうさんに
てんたいぼうえんきょうを　かって
もらってから、はれて　いる　よるは、まいばん
つきや　ほしの　かんさつを　して　います。

こうせいくんには　なやみが　あります。
このごろ、てんたいぼうえんきょうの
レンズが　くもって、よく
みえなく　なって　きたのです。
おとうさんに　いえば、あたらしいのを
かって　もらえるかも　しれないけれど……。

このごろ

こうせいくんは、いま　つかって　いるのを
つかいつづけたいのです。なにしろ、
たんじょうびの　プレゼントだし……。
みんな　かえって　しまい、だれも
いなく　なった　きょうしつで、
どう　しようかなあ……、と　かんがえて
いると、とつぜん、カプセルトイが　あらわれ、
さわりも　しないのに　うごいたのです。

ガシャッ！　ゴロン！　ポン！

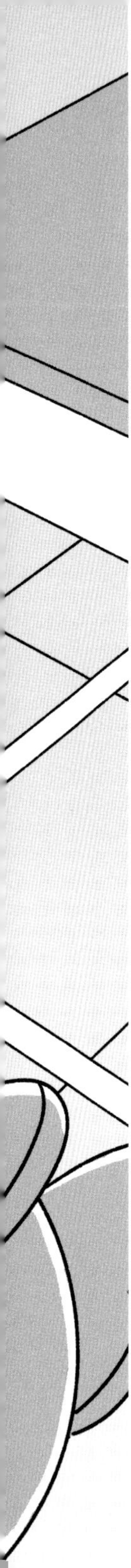

「ぼくは　がっちゃんだ。きみの　ねがいを
ひとつだけ、かなえて　あげる。」
と　がっちゃんに　いわれ、こうせいくんが、
「よく　みえる　てんたいぼうえんきょうが
ほしいんだけど、いま　つかって　いるのは
たんじょうびに　もらった　ものだし、
どう　しようかなあ……。」
と　うじうじ　こたえると……。

りょうかい！　じゃあ、おちて　いる　コインを　いれて、ハンドルを　まわして！

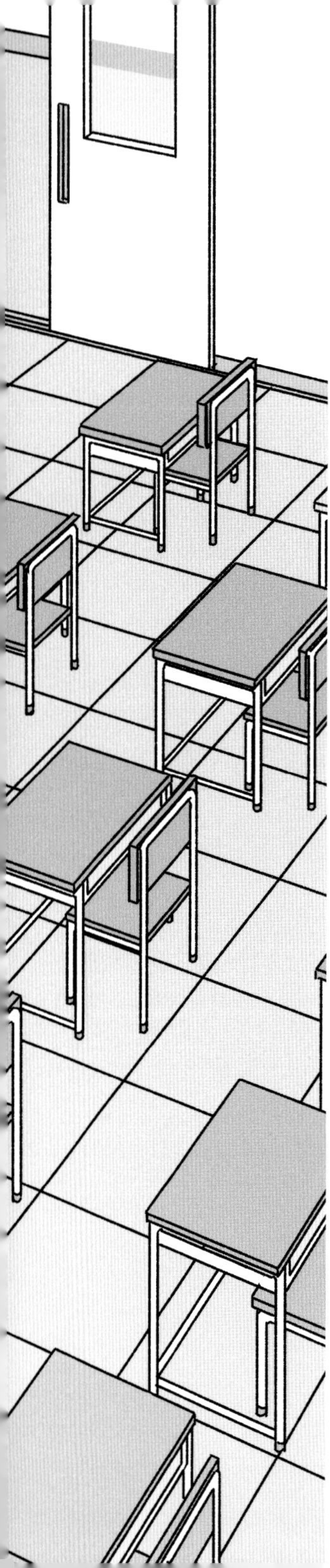

こうせいくんが　いわれた　とおりに　すると、
カプセルが　でて　くるどころか、がっちゃんも
カプセルトイも　ぜんぶ　きえて　しまいました。
こうせいくんは　きょうしつを　みまわし、
つぶやきました。
「いまの、なんだったんだろう。」

あとで、わかるよ。

その　よる、こうせいくんが　おくじょうで
てんたいぼうえんきょうを　のぞき、
まんげつを　かんさつすると……。
なんと、くっきり　はっきり、つきの
クレーターが　しっかり　みえるでは
ありませんか！
しかも、しかも、のぞいて　いる　うちに、
つきは　どんどん　おおきく　なり……。

こうせいくんは、どんどん
かくだいされて　いく　つきの
せかいを　みて、ついに　こえを
あげました。
「あっ！　がっちゃんだ！　うさぎと
きょうそうして　いる！」

したの　えの　こを、ひだりの
えから　さがして　みよう！

❶ ❷ ❸ ❹ ❺ ❻

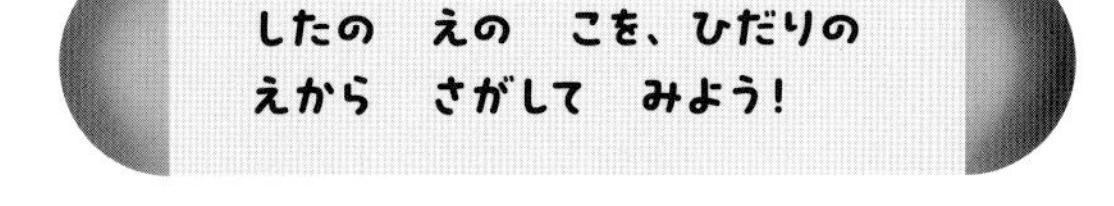

こうせいくんの　てんたいぼうえんきょうは、
かたちは　その　ままで、なかみは　がっちり
ハイテク！　ちょうこうせいのうの
ウルトラてんたいぼうえんきょうに
かいぞうされて　いたのです！

その　とおり！
なんか　いってるみたいだけど、
ハイテクに　なっても
ぼうえんきょうじゃあ
おとは　きこえないんだなあ。

作者・斉藤 洋〔さいとうひろし〕

東京生まれ。おもな作品に、「ペンギン」シリーズ、「おばけずかん」シリーズ。あなたのまえにがっちゃんのカプセルトイがあらわれたら、よくかんがえてから、ねがいをいおう！

画家・ふじはら むつみ

埼玉生まれ。元中学校美術教諭。テストまえにあそんじゃう、るいくんのきもち、おなじだったのでよ～くわかります！ でも、いつもこうかいしてたなあ。

シリーズ装丁・田名網敬一《たなあみけいいち》

クイズのこたえ

27ページ

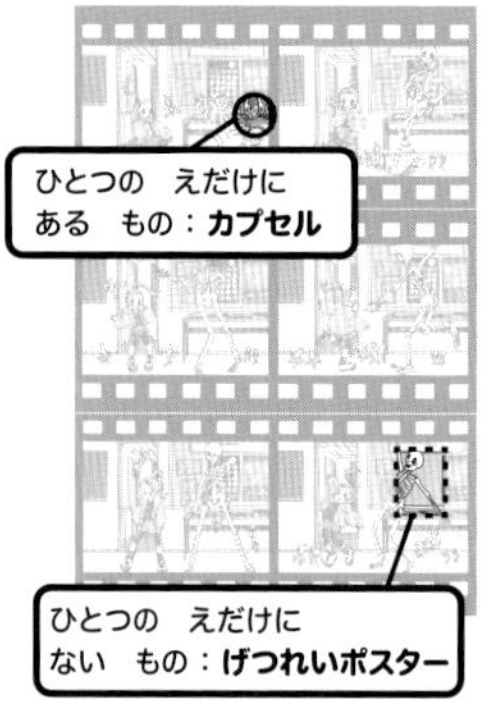
ひとつの えだけに
ある もの：**カプセル**
ひとつの えだけに
ない もの：**げつれいポスター**

48-49ページ

★の ところに おばけが いるよ。

74-75ページ

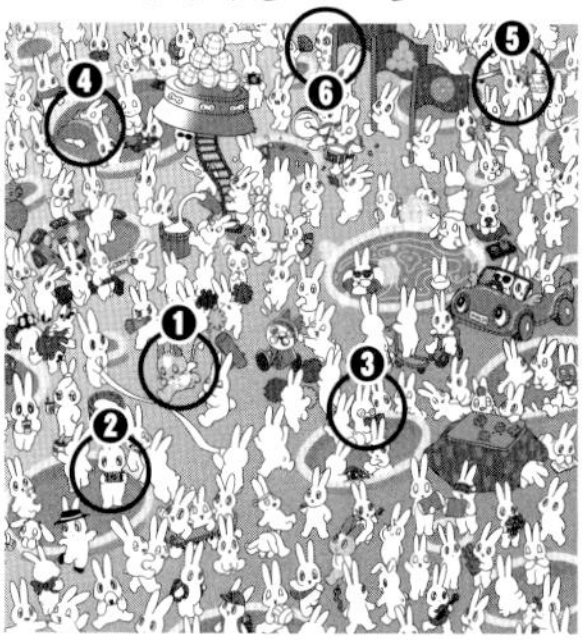

どうわがいっぱい⑯

ふしぎながっちゃん
がっこう なくなれ

2025年4月21日　第1刷発行

作者　斉藤《さいとう》　洋《ひろし》
画家　ふじはら　むつみ

発行者　安永尚人
発行所　株式会社　講談社
〒112-8001 東京都文京区音羽2-12-21
電話　編集　03(5395)3535
販売　03(5395)3625
業務　03(5395)3615

N.D.C.913　78p　22cm
印刷所　株式会社 精興社
製本所　島田製本株式会社
本文データ作成　脇田明日香

KODANSHA

ISBN978-4-06-539111-2

つぎは　あなたの　がっこうに
きちゃうかも……？

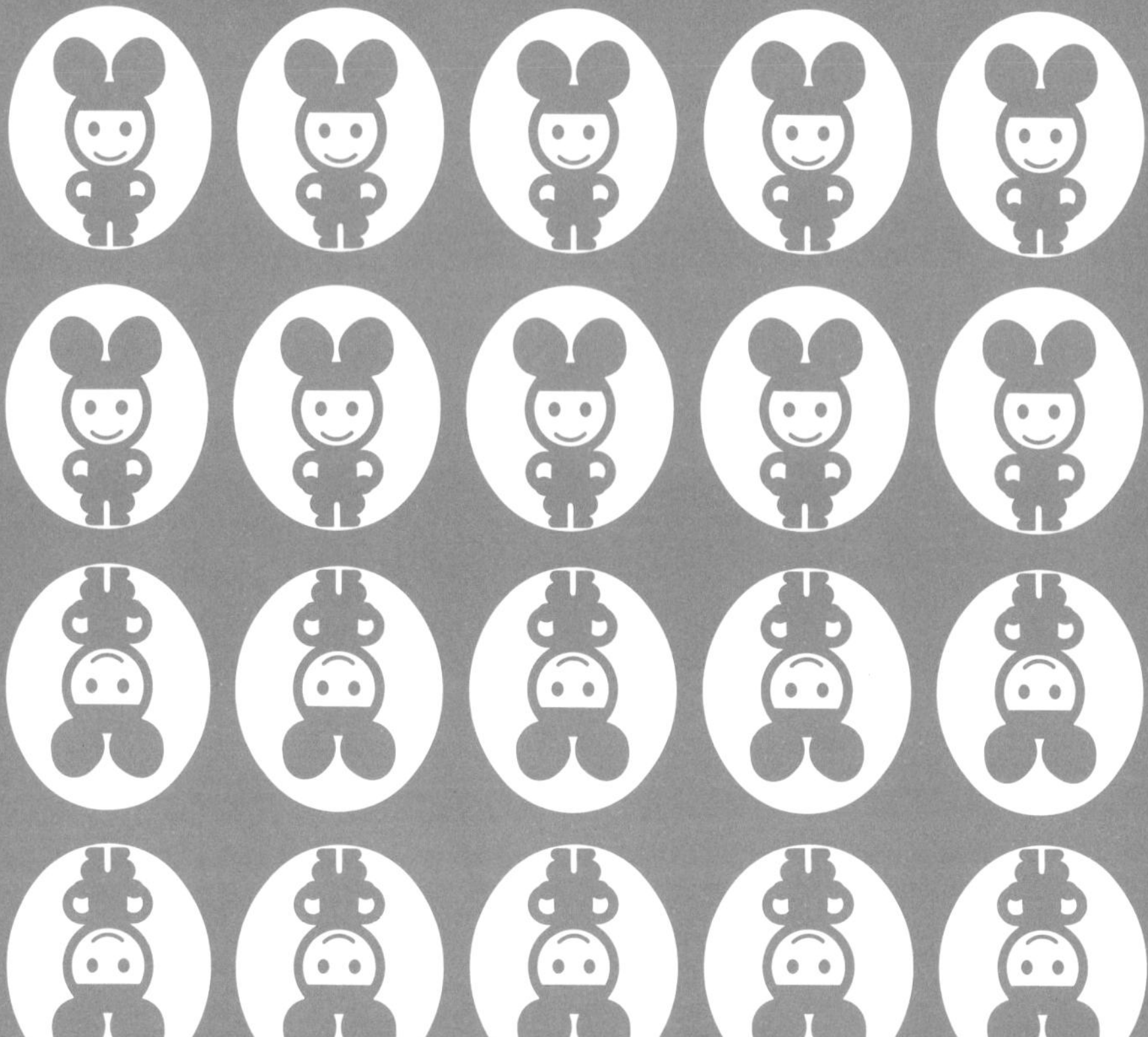